Dana

Pour Dominique Korach,
qui a initié ce projet,
S. M.

Loi n° 49-956 du 16 juillet 1949 sur les publications destinées à la jeunesse,
modifiée par la loi n° 2011-525 du 17 mai 2011.
ISBN : 978-2-09-253393-2
N° d'éditeur : 10232209 – Dépôt légal : juillet 2013
Achevé d'imprimer en décembre 2016 par Pollina, Luçon, France - L79034

Susie Morgenstern

la famille trop d'filles

Dana

Illustrations de Clotka

Nathan

Poesi

un

DANA LE SAIT : elle n'a pas de talent particulier, comme Cara ou Bella ou Elisa. Elle n'a pas non plus l'autorité naturelle d'Anna, le caractère fougueux de Flavia et elle ne sera jamais le chouchou, comme Gabriel, le petit dernier. Pourtant, Dana a quelque chose que les autres n'ont pas. Elle ne le sait pas, mais elle est la plus belle des filles de la famille. Avec ses yeux bleus et sa chevelure noire, elle ressemble à Blanche-Neige.

Dana veut briller. Alors, comme pour être entendu il faut avoir quelque chose à dire, elle raconte des blagues. Et pour être regardée, elle s'est inventé une façon de s'habiller qui n'appartient qu'à elle. Elle met souvent deux chaussettes différentes. Elle aime aussi porter plusieurs jupes superposées, le tout en affichant le plus de couleurs possibles. Une chance : l'armoire des filles déborde d'un stock énorme de vieux vêtements où piocher sa garde-robe quotidienne.

Malgré cela, Dana rêve de faire les boutiques avec sa mère et d'acheter enfin une robe qu'elle-même aurait choisie… et surtout d'avoir un moment rien que pour elle. Ce besoin est si fort que souvent elle se dit qu'elle aimerait être enfant unique.

Alors, quand sa grand-mère vient la chercher pour l'arracher au tourbillon familial, Dana est heureuse.

Grand-Mère Éléonore ou plutôt Grand-Mère Léo, la mère de sa mère, voyage beaucoup grâce à l'argent que ses quatre maris morts lui ont laissé. Son premier mari, le grand-père de Dana et de ses frère et sœurs, est toujours vivant, mais ils ont divorcé il y a longtemps. Dana soupçonne sa

grand-mère de n'aimer que les hommes riches. Elle est en train de recruter son sixième mari !

Cette grand-mère élégante et bien conservée n'est pas exactement ce qu'on pourrait appeler une mamie-gâteau ; pourtant, chaque mois, elle organise une sortie avec l'un de ses petits-enfants, à tour de rôle. Grand-Mère

Léo appelle ça les « journées de plaisir ».

– Pendant que ma fille abandonne le nid pour risquer sa vie dans les flammes du monde, je m'occupe des oisillons ! clame-t-elle.

Cette année, avec Grand-Mère Léo, Anna a passé deux jours à se reposer sur la plage aux Seychelles, Bella a visité l'île de Guernesey et la maison de Victor Hugo, Elisa est allée à Moscou voir le ballet du Bolchoï et Cara a pu profiter de trois jours de pièces de théâtre à Londres – Grand-Mère lui a dit :

– Tant pis si tu ne comprends rien, tu t'imprégneras de l'atmosphère !

Demain, c'est au tour de Dana de passer un moment avec Grand-Mère Léo, mais elle ignore complètement ce que cette dernière lui a mijoté…

deux

DANA EST TRÈS EMBÊTÉE. Elle a imaginé toutes sortes d'excursions de rêve : un spectacle de cirque en Chine ou un week-end dans un parc d'attractions… Elle sait qu'elle peut faire confiance à Grand-Mère Léo : la fois précédente, elle lui a offert une journée au Concours de feux d'artifice de Monaco ! Non, le souci, c'est que comme elle ignore où sa grand-mère va l'emmener demain, elle ne sait pas quoi mettre dans sa valise. Du coup, elle n'a rien préparé.

– *Where are you going ?* demande Billy, le garçon au pair.

– Je ne sais pas !

– Je aider toi à faire ta valise demain. Il est trop tard ce soir. Au lit !

Dans son lit, Dana continue à rêver de son week-end surprise. En fait, elle se moque de la destination. L'important est d'être enfant unique l'espace de deux jours.

Le lendemain, Grand-Mère Léo arrive un peu en avance. Dana est prête, mais Billy dort encore et il n'a pas préparé la valise.

– Ne t'inquiète pas, ma chérie, dit sa grand-mère. On va tout acheter. Il est temps pour du neuf !

Après un tour complet des joues, deux bisous par enfant, Grand-Mère Léo rappelle à Elisa qu'elle sera sa prochaine « victime ».

Elisa lance un « Merci, Grand-Mère », mais elle semble avoir la tête ailleurs.

Dana, impatiente et excitée, fait un bref signe de la main à ses sœurs et à son frère avant de monter dans la voiture, stationnée devant la maison.

trois

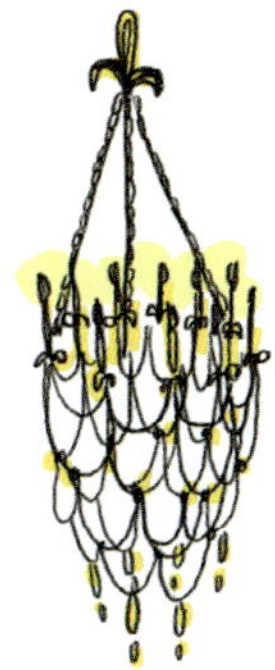

LA VOITURE DE GRAND-MÈRE LÉO ne va pas très loin. Elle dépose bientôt ses deux passagères à l'entrée de l'hôtel Ritz, à Paris.

– On va camper ici deux jours, annonce Grand-Mère Léo.

Dana ouvre grand les yeux sur le salon. Elle n'a jamais été à Versailles, mais elle est certaine que le palais ressemble à ça.

« Louis XIV, Louis XV, Louis XVI sont sûrement passés par ici ! » pense-t-elle.

Les tapis, les rideaux, les chandeliers, les meubles dorés ne sont que richesse et luxe.

Mais ce qui impressionne le plus la fillette, ce sont les bouquets de fleurs partout. Il y en a même dans sa chambre ! Elle les touche pour vérifier que les fleurs sont vraies et le bagagiste – ou le groom, à moins que ce ne soit le garçon d'étage – l'informe :

– Les fleuristes de l'hôtel préparent deux cent cinquante bouquets tous les jours, ce qui nécessite plus de deux cent mille roses et cent mille orchidées par an.

Cela laisse Dana rêveuse. Quel beau métier ! Se noyer dans les fleurs, composer des mélanges, humer les parfums !…

Le garçon d'étage lui montre ensuite la salle de bains. Les robinets sont en forme de cygnes, et les baignoires immenses, avec des jets d'eau. Il y a des sorties de bain couleur pêche, assorties aux serviettes épaisses et douces. Dana est émerveillée. Le groom, lui, est tellement sérieux ! Elle se demande

s'il a jamais appris à sourire et essaie de le dérider :

– J'ai quatre jambes, trois bras et deux têtes, qui suis-je ?

Le garçon d'étage la regarde comme si elle était idiote. Elle attend, mais il ne répond pas.

– Tu donnes ta langue au chat ?

Il la fixe de nouveau comme si elle était une extraterrestre et reste muet.

– Un menteur ! proclame Dana.

Mais l'employé reste de glace. Ses sœurs, elles, auraient ri.

Dana aimerait soudain que sa petite famille soit avec elle, même si le pauvre Gabriel, allergique aux acariens, aurait du mal à supporter les rideaux, doubles rideaux, couvre-lits et tapis…

– On fera un tour à la piscine et au sauna avant de manger, ma chérie.

Grand-Mère Léo ne pose pas de questions : c'est elle qui décide. Néanmoins, Dana sait que son programme va être parfait.

Un saut à la boutique de l'hôtel, et la fillette se voit dotée d'un maillot de bain, de sous-vêtements et d'une chemise de nuit de princesse.

– On achètera le reste cet après-midi, dit sa grand-mère, à qui Dana n'arrête pas de dire merci. Et ce n'est pas la peine de remercier ! J'ai de la chance d'avoir des petits pour qui dépenser mon argent !

Elles sont seules dans la piscine tout en marbre, sous une lumière tamisée, et seules aussi dans le sauna… mais en bonne compagnie dans le cours de cuisine que sa grand-mère a prévu. Sous les ordres du chef, Dana apprend à couper les légumes très fin. Tous les participants ont reçu une carotte, une courgette, une ciboule et de la citronnelle pour concocter un plat asiatique… La petite fille est tout simplement aux anges. Mais le chef est très grave et froid. Dana décide de lui poser une devinette gourmande :

– Qu'est-ce qui est vert et qui monte et qui descend ?

– Le cours est terminé, petite ! répond le chef.

Dana n'a même pas le cœur de lui donner la réponse. Ses sœurs, elles, auraient su que c'est un petit pois dans un ascenseur ! Elle aurait préféré partager ce cours et toutes ces saveurs avec Billy et toute la famille, plutôt qu'avec ce chef sans humour…

quatre

DANA FINIT SON APRÈS-MIDI de shopping dans des boutiques super chics avec deux nouvelles robes, deux ensembles, trois paires de chaussures et, cerise sur le gâteau, une valise à roulettes rose avec ses initiales, rien que pour elle. Puis, place Vendôme, sa grand-mère lui offre un bijou « pour la vie », une bague avec un cœur au milieu duquel se trouve un petit diamant.

– Je suis en plein rêve ! s'exclame Dana après l'élégant dîner au salon Escoffier où

elle mange une vraie pêche Melba, un dessert créé il y a longtemps par un grand cuisinier, avec des pêches blanches et un coulis de framboise sur un lit de glace à la vanille.

– J'aime vous accorder à tous un petit rêve de temps en temps, ça ne fait pas de mal, se justifie Grand-Mère Léo.

– Tu es ma bonne fée, Grand-Mère, ma fée Carabosse.

– Merci pour le compliment !

– Non, je plaisante, tu es la bonne fée de Cendrillon !

– Tu es ta propre bonne fée, ma chérie. Nous devons tous faire de notre mieux pour rendre notre vie la plus agréable possible.

– Mais ça coûte une fortune, Grand-Mère ! Tout le monde n'a pas la chance d'avoir tant d'argent à dépenser.

– L'argent, c'est bien, ma minette, mais ce n'est pas tout. J'aime que vous sachiez ce que l'argent peut acheter. Toutefois, tu sais

ce qu'on dit : l'argent ne fait pas le bonheur. Et c'est vrai !

Dana se rappelle un poème de Bella, qu'elle récite à sa grand-mère :

L'argent…
Il peut acheter une maison…
mais pas un foyer.
Il peut acheter un lit…
mais pas le sommeil.
Il peut acheter une horloge…
mais pas le temps.
Il peut acheter un livre…
mais pas la connaissance.
Il peut acheter une position…
mais pas le respect.
Il peut payer le médecin…
mais pas la santé.
Il peut acheter du sang…
mais pas la vie.

Grand-Mère Léo embrasse sa petite-fille.

Pour finir la journée en beauté, elle commande un plateau de petits-fours et une infusion dans les salons de l'hôtel.

Soudain, elle aperçoit une amie, et l'invite à venir partager ce plateau que Dana aurait aimé garder pour elle toute seule, malgré le dessert qu'elle a déjà mangé. Les deux femmes parlent, parlent, parlent et Dana s'ennuie. Elle décide d'aller se promener dans l'hôtel.

Elle prend l'ascenseur et sort à un étage au hasard, s'amuse à courir dans les longs couloirs, marche des kilomètres et finit par se perdre. Tout à coup, elle se sent seule, très seule… jusqu'au moment où un employé la découvre, errant dans un couloir, et la ramène à sa grand-mère, toujours en train de bavarder avec cette amie maquillée comme un vampire.

Quand enfin Dana se retrouve couchée dans de beaux draps soyeux, il y a comme quelque chose qui lui manque. Elle fait la liste : Anna, Bella, Cara, Elisa, Flavia et Gabriel. Et même Billy, et bien sûr ses parents. Ils dansent tous dans sa tête tandis qu'elle s'endort.

AU MILIEU DE LA GRASSE MATINÉE de Dana et de sa grand-mère, un petit déjeuner arrive sur un plateau. Il y a juste de quoi tenir avant de descendre au brunch du Ritz !
Pour Dana, qui aime manger, c'est le paradis. Sous ses yeux s'étend un énorme buffet. Pourtant, elle ne se rue pas à la table de pâtisserie. Non. Elle est fascinée par les salades : cœur de laitue, sucrine, trévise, mâche, cœur de romaine, mélange de jeunes

pousses, iceberg, endive rouge, endive blanche, frisée… Elle essaie chaque sorte de salade, rien que quelques feuilles, et il lui vient une idée : elle va tenter de les introduire aux repas chez elle.

Avant de la raccompagner chez elle, Grand-Mère Léo l'amène au musée d'Orsay.

– Pour voir quelques Van Gogh, explique-t-elle.

Dana aurait préféré retourner à la piscine.

– Il faut élever son esprit aussi, dit sa grand-mère.

Au grand étonnement de Dana, elles contournent la queue des touristes et entrent directement au musée, qui intimide la fillette par sa taille et son aspect grandiose.

Elle suit sa grand-mère jusqu'aux salles où sont exposés les Van Gogh.

– Choisis un tableau que tu aimes particulièrement, lui suggère-t-elle.

– On peut les acheter ? demande Dana.

– Ils sont déjà tous à nous ! On les a payés avec nos impôts ! Mais on peut acheter des reproductions pour la maison.

Dana regarde les tableaux avec attention. Puis, une fois dans la boutique, Grand-Mère Léo lui offre l'affiche qu'elle préfère : celle avec *Les Iris*. Dana le mettra au-dessus de son lit. Avec l'accord de sa grand-mère, elle a aussi choisi des cadeaux pour toute la famille.

Sur la route du retour, la fillette déclare :

– C'était mon baptême de princesse !

– Tu ES une princesse !

– Et toi, tu es ma reine ! N'empêche que j'ai hâte de raconter tout ça à mes sujets.

– Oui, je peux comprendre qu'une princesse aime la compagnie d'autres princesses.

D'un coup, Dana admet ce qu'elle s'était refusée à voir jusque-là : sa famille lui a manqué.

À en juger par les embrassades, et l'excitation à son arrivée, elle aussi a manqué à ses proches. Bien sûr, ce n'est pas le Ritz, mais c'est sa maison, Dana s'y sent chez elle. D'ailleurs, elle se sent tellement chez elle qu'à la surprise générale elle se propose de mettre la table !

Amusée, Grand-Mère Léo embrasse tous ses petits-enfants.

– Au revoir, mes chéris ! Et, Elisa, la prochaine fois, c'est à toi ! On va passer un moment délicieux !

Ce qu'Elisa n'ose pas dire, c'est qu'elle se passerait bien de sa journée de plaisir si elle pouvait avoir de l'argent à la place, car elle en a besoin pour assouvir sa passion, la danse…

Table des matières

Susie Morgenstern

Susie a grandi dans une famille de filles, mais jamais TROP de filles. En plus, elle a des filles ! Et des petites-filles ! Née aux États-Unis, elle a émigré en France et elle écrit en français (peut-être trouve-t-elle le français plus féminin ?). Elle a l'impression de bien comprendre les filles. Pour elle, un garçon c'est un extraterrestre ! Elle est la plus heureuse quand elle est chez elle, à Nice, en train… d'écrire !

Clotka

Clotka est née dans la formidable campagne picarde, mais elle vit à Paris depuis l'âge de 10 ans. En 2005, étudiante à l'EPSAA, avec ses camarades de promo, elle lance le blog *Damned*, première étape qui la conforte dans son désir de faire de la bande dessinée. En 2009, elle publie sa première BD, *Les équilibres instables* avec Loïc Dauvillier (Éditions Les Enfants Rouges). Parallèlement elle réalise des illustrations pour la presse et l'édition jeunesse.

Actuellement, elle prépare un album d'aventures, qui verra le jour en 2012, à peu près en même temps… que la fin du monde !

Le titre *La Sixième,* de Susie Morgenstern, est édité à l'École des Loisirs.

DÉCOUVRE UN AUTRE TITRE DE LA COLLECTION

premiers romans

Bella

Une série écrite par Susie Morgenstern
Illustrée par Clotka

« *Même si « sœur » ça rime avec « cœur » / Même s'il y a de l'amour pour chacune / Même si c'est une foule de bonheur / Rester un peu seule, est-ce demander la lune ?*

Chez les Arthur, surtout dans la chambre des six filles avec les six lits alignés, quand on éteint la lumière à vingt et une heures et qu'on dit bonne nuit, c'est fini. Plus rien ! Et à ce moment-là, Bella sait ce qu'elle aimerait le plus au monde : une lampe de chevet dans une chambre pour elle toute seule, où elle pourrait lire autant qu'elle veut. »

Bella, la plus timide des sœurs, voudrait parfois être seule pour lire mais surtout pour écrire les poèmes qu'elle se récite dans sa tête…